솔로강아지

어른을 위한 동시
솔로 강아지 A Single Dog

2015년 3월 30일 초판 1쇄
2015년 11월 6일 개정판 1쇄

동시 이순영   옮김 최지혜   그림 조용현
발행 및 주간 김숙분 디자인 김은혜 영업 · 마케팅 이동호 · 홍보 마케팅 권미라
펴낸곳 (주)도서출판 가문비 | 출판등록 제300-2005-60호
주소 (06654)서울시 서 구 반포대로 14길 54, 1007호 (서초동, 신성 오피스텔)
전화 02)587-4244~5 팩스 02)587-4246   이메일 gamoonbee21@naver.com
홈페이지 www.gamoonbee.com   블로그 blog.naver.com/gamoonbee21/

ISBN 978-89-6902-110-6 03810

어른을 위한 동시

솔로강아지
A Single Dog

이순영 동시

최지혜 옮김 조용현 그림

가문비

이 세상의 모든 순둥이들에게

차 례

2부. 나는 사춘기일까? Am I Going through Puberty?

★ 표시는 개정판에 추가된 신작시

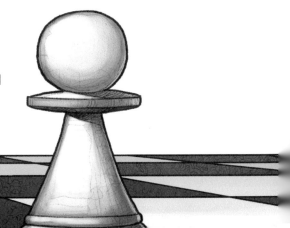

3부. 은반 위의 세계 The World on a Silver Plate

★ 표시는 개정판에 추가된 신작시

1부

수상한 집
The Strange House

솔로 강아지

우리 강아지는 솔로다

약혼 신청을 해 온 수캐들은 많은데
엄마가 허락을 안 한다

솔로의 슬픔을 모르는 여자
인형을 사랑하게 되어 버린 우리 강아지

할아버지는 침이 묻은 인형을 버리려한다
정든다는 것을 모른다

강아지가 바닥에 납작하게 엎드려 있다
외로움이 납작하다

A Single Dog

My dog is single

Many male dogs proposed
But Mom turned them down

She doesn't know the sorrow of singles
And our dog came to love toys

Grandpa tries to throw away the toys covered in saliva
He doesn't know what it feels like to be connected

Our dog lies flat on the floor
Loneliness is flat

엄마

엄마의 치마를 보니
물고기와 뱀이 어우러져 있다

다른 동물들도 모여든다
어느덧 엄마의 치마에는
동물들이 가득하다
치마는 동물 소리를 낸다

엄마의 머리카락을 보니
백 편의 시를 쓸 수 있을 것 같다
여러 가지 색깔이 어우러져 있다

엄마가 화를 낼 때면
초록 머리칼이 곤두서 메두사가 된다
불을 뿜는다
머리칼은 내 목을 칭칭 감아
질식시킬 수도 있겠다
그건 엄마의 의도가 아니라
머리칼의 의도이다

14

노란색은 갈색과 함께
황금빛 토지가 된다

Mom

As I look at Mom's skirt
Fish and snakes play together

Other animals gather around
Mom's skirt is soon filled with animals
And filled with their cries

As I look at Mom's hair
I feel like I can write a hundred poems
Different colors blended together

When Mom gets angry
Her green hair stands stiff
Turning her into fire-breathing Medusa
Her hair could choke my neck and
Suffocate me
It is not my Mom's intention, it is the hair's

Yellow and brown together
Create the golden land

식인 인형

밤에 움직여
칼을 들고

숨바꼭질을 하는 거야
내가 찾고 인형이 숨는 거야
다음은 인형이 찾을 차례지

인형이 나를 찾았어
칼을 들고
무서워, 엄마를 불러

그런데, 어쩌지?
인형이 엄마를 먼저 먹어버렸어

The Cannibal Doll

Moves at night
Carrying a knife

We play hide and seek
I'm "it"
Th doll hides
In the next round, she's "it"

The doll found me
She is carrying a knife
I'm scared, I call Mom

Oh no!
The doll ate Mom first

동물 대탈출

우리 집에 온 동물들은 다 탈출하고 싶어한다 새 집을 사주고 먹이를 넣어 주어도 햄스터도 달팽이도 소라게도 다탈출해 전과범이 되었다 어느 날은 꼬리가 긴 이구아나마저도 지붕 위에 앉아 있었다 거대한 수박만 남겨놓고 달팽이도 소라게도 영원히 돌아오지 않았다 한 마리는 내게 밟혀죽었고 집으로 돌려보냈던 소라게는 어둠을 틈타 다시 사라졌다 밤마다 요란스럽던 장수풍뎅이를 풀어 주려 한 날 아침 그것은 죽어 있었다 우리가 만들어 주었던 집 감옥이었던 집 큰 우주로 돌아가 다시는 내 앞에 모습을 드러내지 않는 동물들

Mass Animal Escape

Every animal brought to our house wants to escape. New houses and constant feeding couldn't prevent the hamster, the snail and the hermit crab from their successful jailbreak. The iguana, with its long tail, was seen on the roof. My snails left the huge watermelon behind, never to return; one died beneath my foot. The hermit crab did not return home and disappeared in the darkness. The rhinoceros beetle, that cried every night, was found dead in the morning I decided to set it free. Their home, their prison, that we made for them. The animals returned to the vastness of universe, no longer in my sight.

오빠의 고추

오빠는 내 앞에서 벗고 다녀
고추가 내게 보여

어떡하지?
오빠는 어엿한 열두 살인데

십이 년 된 고추는
아직 철을 모르는 걸까?

이걸 시로 써도 되는 걸까? 시집에는
만으론 열 살이라 써야 되는 걸까?

My Brother's Willy

My brother's got no clothes on
I can see his willy

What now?
He's now twelve years old

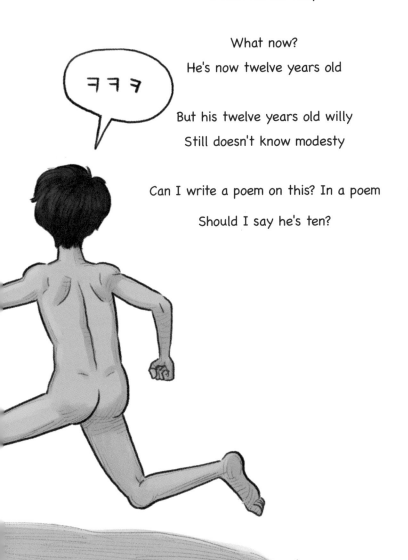

But his twelve years old willy
Still doesn't know modesty

Can I write a poem on this? In a poem

Should I say he's ten?

종이

따뜻해
마음은 따뜻하지 않아

종종 나쁜 짓을 해
날카로운 이빨로 손가락을 물어뜯어

피를 내
자기 기분대로야

기분이 나쁘면 마구 공격을 해
종이랑 개는 같은 거야

Paper

It's warm
But its heart's not

Sometimes it's into bad things
Like biting my finger with its sharp teeth

It draws blood
Whenever it feels like

It attacks whenever it's upset
Paper and dogs are the same

불독

엄마, 눌러
이제 엄마 차례야
불독의 입 속으로 손가락을 넣어

이 불독은 입을 벌리고 있다가
이빨을 누르면 닫아 맨 마지막 이빨
누르면 살아나지 못해

눈에선 불꽃이 타오르고 있어
목에는 가시목걸이
주인이 학대 하나봐 복수를 하고 싶나봐

이마엔 험상궂은 주름
비곗덩어리 목살

얘는 사실 진짜 불독인데
벌 받아서 장난감이 된 거야

하지만 복수를 기억하며
입을 벌리고 있는 거야

Bulldog

Mom, press it
It's your turn
Put your finger into the bulldog's mouth

This bulldog keeps its mouth open
Until you press its teeth
If you press the last one, you cannot survive

With fire burning in its eyes
With a thorny necklace
Perhaps the owner abuses it
Perhaps it wants revenge

Deep, angry wrinkles
The thick, blubbery neck

It's actually a real bulldog
But turned into a toy as punishment

It remembers revenge, though
And keeps its mouth open

혀

목도리가 웃는다

가시 박힌
날 째려보는
뱀 껍질로 만든
겨울이다

겨울 목도리가
입 밖으로 기어 나와 목을 조른다

누가 잡아당기지 않아도

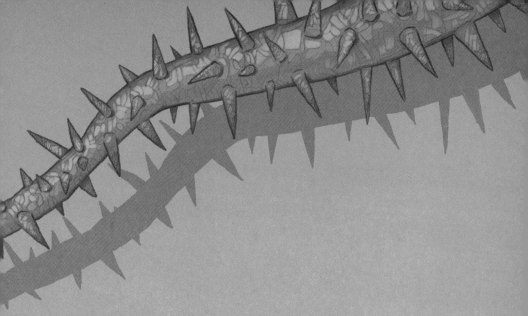

A Tongue

The muffler is smiling

It's winter
Thorny
Staring at me
Made of snake skin

The winter muffler
Crawls out of my mouth
Strangles me

Even though no one is pulling it

학원가기 싫은 날

The Day I Hate Going to the Academy

이 상자 속에

내 책상 위에 놓여 있는 상자
절대 안 열린다

열고 싶어라
안에 뭐가 들어 있지?

검은 암흑 속에 묻혀진
물건이 궁금하다

아무리 궁금해 해도
절대 안 열린다

마음이 닫힌 사람처럼

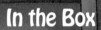

In the Box

There is a box on my desk
Impossible to open

I want to open it
What could be inside?

Something buried in the darkness
Makes me curious

No matter how curious
It won't open

Just like a person's heart
Locked up tight

오후 만들기

파란 본드 끝에서 달팽이가 기어 나오고 있쩡
투명하고 부드러운 달팽이
오후라는 이름을 가진
두 손으로 꾹꾹 모든 것을 짜내고 있어
대박이라며
우렁차게
이 오후만은 살려야 돼
손톱 위에 올라앉아 흘러내리지 않는 물방울
나는 오후를 만들고
내 손 안에서 죽게 될 거야
이 거대한 오후가
팡 터지게 될 거야

* 2015년 계간시전문지 애지 가을호에 발표

Afternoon in the Making

Crawling out of a blue tube of glue is a snail

Transparent and soft

With a name called Afternoon

Squeezing everything out, both hands firmly pressed

Awesome, I yell

Loudly

I must save this Afternoon

A drop of water, resting still on my nail

I create Afternoon

It will die in my hands

The huge Afternoon

Will burst with a bang

＊ Published in the Fall 2015 issue of AeJi(The Poetry Journal)

스마트폰

갖고 싶어
지금 것 말고 새 것을 줘

이것이 진정한 스마트폰의 유혹
한번 빠지면 나올 수 없어

부모님도 뺏고 싶어 해
꿈의 세계, 스마트폰

아무도 막을 수 없어
가족 중 한 명도 중독되어선 안 되는데

오빠 때문에
내 폰도 뺏기고 말았잖아!

Smartphones

I want one
Not the one I have
Get me a new one

This is the lure of smartphones
There's no escaping it

Parents want to confiscate it
Smartphones, the world of dreams

No one can stop it
No one in the family must become addicted

But because of my brother
My phone's been taken away, too!

죄와 벌

밥을 안 먹고 있을 때
엄마는 용돈을 깎는다

오래 자고 있을 때
엄마는 텔레비전 리모콘을 없앤다

방 청소를 안 하고 있을 때
엄마는 순둥이를 집 밖으로 쫓아낸다

순둥이는 뭔 죄가 있나?
나는 뭔 죄가 있나?

Crime and Punishment

When I don't eat
Mom cuts my pocket money

When I oversleep
Mom gets rid of the TV remote

When I don't tidy up the room
Mom kicks Soondoongi out of the house

What crime has Soondoongi committed?

What crime have I committed?

어느 여름날의 식욕

식탁 위에 치즈 퐁뒤가 있었으면 좋겠어

방울토마토와 비스킷
스위스 치즈에 화이트 와인을 곁들여

한 번쯤 이렇게 먹고 싶어
라면 김밥 짜장면 스파게티 말고

우리 엄마는 언제 해줄까
치즈 퐁뒤
먹고 싶은 것을 내가 만들어 먹어야 하니

사자처럼 성큼성큼
치즈 퐁뒤가 다가온다
목구멍으로 뛰어든다

Appetite on One Summer Day

I wish there were cheese fondue on the table

Cherry tomatoes and biscuits
Swiss cheese with a glass of white wine

Just for once, I'd like that
Rather than instant noodles, kimbap or spaghetti

When would Mom make me cheese fondue?

Should I prepare it myself?

Striding like a lion

Cheese fondue approaches

And leaps down my throat

감금

장롱 위의 그림을 바라본다
수십 개의 사람 얼굴이 그려져 있다

먼지가 잔뜩 묻었다
실종된 얼굴들 같다

지금 당장 장롱을 활활 불태워야 한다
뜨거워서 사람들이 모두 튀어나오도록

Imprisonment

I see pictures on top of the wardrobe
I see pictures with dozens of faces

Covered in dust
Like faces of missing people

We must set the wardrobe on fire at once
So the heat would drive them out of the pictures

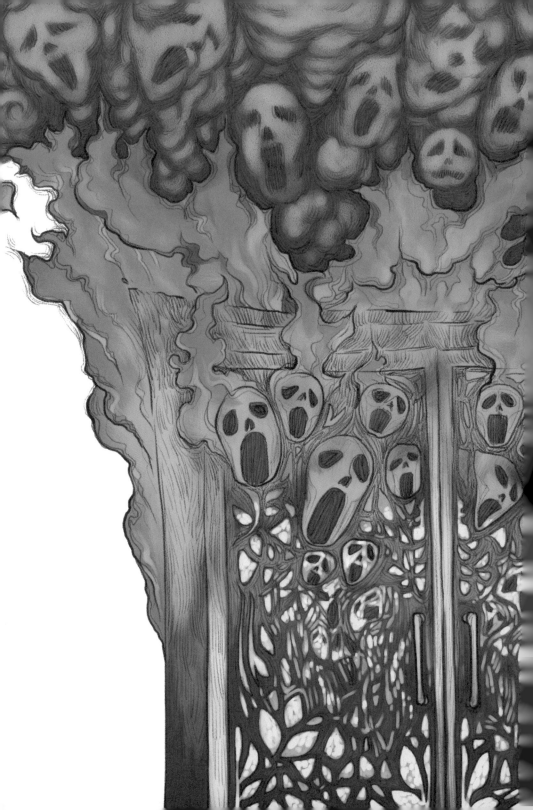

독서실

허수아비가 지키는 갈대밭
초록색 와이파이가 터지네
올라가기 전 개구리 비밀번호를 누르네
나의 발을 이끄는 마법의 주문이 걸려 있네
샤랄랄랄라 샤랄랄랄라
You are free!
매혹적인 말이야
나만의 작은 공간
눈부시지도 않고 완벽하지도 않지만 여기선
I am free!
눈치 볼 필요 없어
불쌍한 허수아비
몬스터를 읽고 있어
핵노답
이곳에서 나가면 목이 꺾인 허수아비가 있어
용수철에 달려 목이 대롱거리는
죽을 4자를 버리고 나는 내려가는 중이야
맨 마지막 계단까지
잘 가 좀 있다 다시 봐
허수아비는 문을 지키고 있네

나를 계속 쳐다보네
허수아비를 갈대밭으로 데려가야지
사방이 다 갈대로 풍성한 밭으로
거기 허수아비를 세워놓고 춤을 출 거야
60년대 춤을
내가 춰본 적 없는 춤을
허수아비가 목을 덜렁이며 기뻐하도록
이곳은 독서실

The Reading Room

Reed fields watched over by a scarecrow

Green wifi is on

Before the climb, I enter the frog password

A magic spell cast on my feet

Shalalala Shalalala

You are free!

Three magical words

My own little space

Neither luxurious nor perfect but here

I am free!

No need to care what others think

Poor scarecrow

It's reading Monster

Totally hopeless

Outside is a scarecrow with a twisted neck

Hung from its neck by a spring coil

Leave behind 4 of death and I'm on my way down

Until I reach the last step

Good bye, see you later

The scarecrow guards the door

Its eyes fixed on me

I shall take the scarecrow to a reed field

To the field surrounded by a dense thicket of reeds

There I will place the scarecrow

And dance the 60's dance

That I've never danced before

So that the scarecrow would

Swing its neck with joy

This is the reading room

불멸의 사과

죽은 후 남들이 욕할까 봐
살아서 하고 싶던 것을 영원히 못할까 봐
내 사랑 일 순위 순둥이를 못 볼까 봐
죽음이 두려워진다

사과를 먹다 숟가락으로 두드리며 염불을 외운다
나무아미 나무아미 나무아미타불

둥둥 사과가 북소리를 낸다

사과도 죽기 싫은가 보다
먹히는 게 싫은가 보다

53

The Immortal Apple

In case people say bad things about me after I die
In case I would never do the things I wanted to
when I was alive
In case I won't be able to see my precious Soondoongi
I'm afraid of death

As I eat an apple
I strike it with a spoon
And recite the mantras
Namu Ami Namu Ami Namu Ami Tabul

RATTA-TAT, BOOM-BOOM
The apple makes drum sounds

Perhaps the apple wants to live, too
Perhaps it doesn't want to be eaten

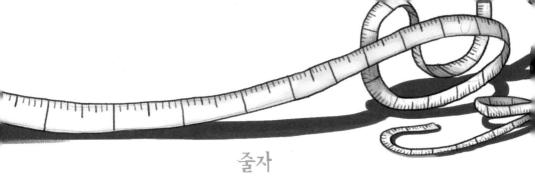

줄자

줄자를 꺼낸다
허리를 재 본다
보고 싶지 않은 결과이다

옛날이 그립다
아직 고도비만은 아니지만
표준을 유지하는 일

노력이 필요해
하지만 내 침샘은 그럴 생각이 없어

오빠, 내 앞에서 음식 먹지 마
싫다니
오빠도 재 보면 그런 말 안 나올걸

줄자는 때론 필요하지만
사람을 혼란스럽게 해
계속 눈금을 쳐다보게 해

The Measuring Tape

I take out a measuring tape
I measure my waist
I don't like what I'm reading

I miss the old days
I am not fat
But I need to be normal

I need to make more efforts
But my salivary glands have other ideas

Bro, stop eating in front of me
You would, huh
You would think twice once you measure yours

A measuring tape is needed sometimes
But it confuses people
It makes us keep staring at the markings

에어풍기*

이상해
가만히 있어도 땀이 나
겁나 더워 제발 나에게로 와
바람아 착한 바람아
통 안에 갇힌 아이야
어지럽지 않니
이제는 네가 필요 없어졌어
안녕 친구야
좀 있다 다시 찾을게
오락가락하는 너와 나
부채가 숨어 있어
바람의 자식들
통 안에 갇힌 너희들
천 원만 줘
천 원짜리들을 잘 포개어
이겨낼 거야 여름을
행복한 여름을

냉장고를 열어 미안해
엎질러진 공기에게 미안해
커다란 여름을 접어 구겨 넣어
열나 빡치는데
여름 따위 사라지라구

* 에어컨과 선풍기를 합쳐 작가가 만든 말

Airpoong-gi

Strange
I could be sitting still
And the sweat would start to pour
It's scorching hot
Please come
Fair wind
Oh, my sweet child in a box
Are you not dizzy?
I don't need you any more
Bye for now
I'll come find you later
Pacing to and fro, you and I
A fan is hidden
Children of the wind
Oh, my sweet children in a box
Lend me a thousand won bill
A stack of thousand won bills
Will help me get through summer
Those sweet days of summer

I'm sorry I opened the fridge

I'm sorry, spilt air

Fold and shove the immense summer

Bloody hell

Summer, just disappear

* A made-up word created by combining air conditioner and sun-poong-gi, meaning 'fan' in Korean.

접시

담긴다

시계
눈알
동그란 구멍
플러그가 꽂히는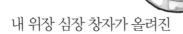

내 위장 심장 창자가 올려진
접시를 씹는다
깨물어 먹는다

접시는 텅 비어있다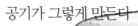
온갖 것들을 놓을 수 있다

공기가 그렇게 만든다

The Plate

I put on a plate

The clock
The eyeball
The round hole
Where the plug inserts

I chew and bite off the plate
Laid with my stomach, my heart and intestines

The plate is empty
All sorts of things can be laid on it

All things made of air

착한 오빠

오빠가 두 손으로 얼굴을 가리고 울었다 내 친구가 오빠
의 머리카락을 한참 잡아당겼기 때문에 태권도 시범단이면
서도 때리는 대신 말없이 참는 오빠 어떤 아이가 날 놀렸을
때 오빠는 그러지 말라고 말려 주었는데 나는 그러지 못했
다 친구 앞이었기 때문에 남매란 무엇일까 가족이란 무엇일
까 피가 섞인다는 것은 무엇일까 아플 때 같이 아프다는 것
일까

My Good Brother

My brother buried his face in his hands and cried. My friend had grabbed him by the hair and wouldn't let go. He was a member of Taekwondo demonstration team, yet he didn't fight back. When a kid made fun of me, my brother stood up for me, but I couldn't because I was with a friend. What are siblings? What is a family? What does it mean to share blood? Does it mean sharing the pain?

무궁화

분홍빛 레이스

투명한 피부 아래 보이는 가는 핏줄

높이 높이 쌓아올린 모기알

각이 없어

행복해 보이지 않는 오각형

The Rose of Sharon

The pink lace

Thin veins seen beneath the transparent skin

Mosquito eggs piled up high

It has no angles

A pentagon looking unhappy

똥의 공부

머릿 속엔 뭐가 들었니?

당연히 뇌가 들었지
뱃속에는 똥이 들어있다는 거고

귤 안에는 몇 개의 알맹이가 있을까?
귤마다 다 다르지요

모기는 태어나서부터 지금까지
사람 피를 몇 번 빨아 먹었니?

죽여보면 알어
자신의 피가 아니라
남의 피를 빨아먹고 살고 있지

사람은 사람마다
동물은 동물마다
식물은 식물마다
물체는 물체마다
속에는 다 똥이야

공부를 하지 않으면
뭐든지 다 똥이 된다는 말, 들어 보았니?

똥과 공부는 실과 바늘 같아
똥누는 시간까지 아껴 공부하자

엄마들이 애들보고 착하다고 하게
백 살 때도 공부가 필요할까?
공부보다 똥이 더 중요한 나이에

Poop's Philosophy 1

What's inside your head?

The brain, of course
And inside the stomach, there's poop

How many slices are there in an orange?
It depends on the orange

How many times did the mosquito bite until now?

You'll know once you kill it
It feeds on other people's blood
Not on its own

In every human
In every animal
In every plant
In every object
There lies poop

If you don't study
Everything will turn into poop, haven't you heard?

Poop and study are like thread and needle
Waste no time pooping but
Study

That will earn praises from moms
Are studies needed when you are a hundred years old?
At an age when poop is more important than study

똥의 공부 2

앉는다
나만의 의자에 앉는다

가운데 구멍이 뚫린
순간 정신 줄을 놓은 바보처럼

거울로 된 의자
아주 창피하겠어

말 걸지마
그런 순간
아주 사나워지는 순간

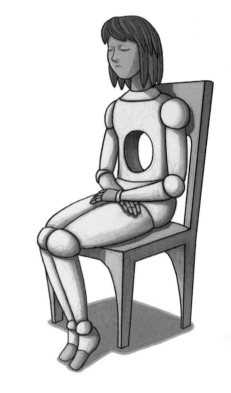

Poop's Philosophy 2

I sit
On my very own chair

With an empty hole in the middle
Like a fool who lost her mind

The chair made of mirror
How embarrassing

Don't talk to me
At a moment like this
I will be in my fiercest moment

나의 큐브

바다에 기름이 너무 많다
어떻게 보면
절벽이 녹아내린 것 같다
갈매기가 죽어가고 있다
기름과 함께
파란 바다
썩은 바다
오크 바다
뚱뚱한 바다
너의 바다
미친 존재감
복잡한 바다
끝없이 도전하고 싶은 바다

* 2015년 계간시전문지 애지 가을호에 발표

My Cube

There's too much oil in the sea
It appears as though
The cliff has melted
Seagulls are dying
With the oil
Blue sea
Rotten sea
Orc sea
Fat sea
Your sea
Crazy presence
Complicated sea
Sea, an endless challenge

* Published in the Fall 2015 issue of AeJi(The Poetry Journal)

2부

나는 사춘기일까?

Am I Going through Puberty?

나 플러스 나

자고 있을 때
몸속에서 튀어 나온다
또 다른 내가

내가 나를 만나는 순간
나란 존재는 없어져 버린다

뱀이 허물을 벗는다
벗으면 쓸모없어지는 것을

Me Plus Me

When I am asleep
Another me springs out of my body

The moment I face my other self
I vanish

The snake sheds
Its old useless skin

사춘기

아이는 빛에서 나와 계단으로 내려간다

한 칸마다 하나의 발자국

어둠 속으로 내려간다

얼굴도 손도 다리도 점점 어두워진다

Puberty

A child appears from the light

And walks down the stairway

One step, one footprint

A child steps down into the darkness

Her face, her hands, her legs grow dark

80

시

갑자기 시가 쓰고 싶어
귀신을 그리고 싶어

아무도 생각한 적 없는 단어로
더 이상 약하지 않은 단어로

이 작은 분홍 가위로
진짜 머리카락을 자를 수도 있어

어른 미용사만 할 수 있다고 생각해?

어린이가 말하는 건
모두가 다 시 아닌가?

작은 가위에 맞는
작은 손가락을 움직여서 사각거리는

Poetry

Suddenly
I want to write a poem
I want to draw a ghost

With words previously untold
With words no longer weak

With these tiny pink scissors
I can cut real hair

Do you think only hairdressers can do this?

Aren't everything children speak all poetry?

Like those tiny pair of scissors
Perfect fit for small fingers

폰

지켜야 된다
나의 왕을

졸병은
무작정 앞으로만 가야한다
모두 나를 죽일 수 있다

나는 움직일 수 있는 칸 수를 세는
쓰레기

온갖 위험을 헤치고
땅 끝에 도착하면
내게도 새로운 부활이 기다린다

죽기 위해 태어나는 존재
나는 용감하다

The Pawn

I must protect my king

Foot soldiers must march forward
Anyone can kill me

I am garbage
Counting my possible moves

When my hazardous road comes to an end
And reaches the end of the world
Rebirth awaits

An existence born to be killed
I am brave

핑거

손가락이 퉁퉁 부었어
손가락은 유리로 만들어졌어
손가락을 깨물어 물컹물컹
이건 새 손가락이야 빨간 손가락이야
손가락에 뿅뿅 뚫린 구멍들 사이로
유리가 뿜어져 나와 물이 나와 피가 나와
빨간 물감이 나와 물감이 섞인 유리가 나와
이제 그만
유리로 된 손이 홍차에다 우유를 넣었어
이것 봐 이것 한번 먹어 봐
컵을 잡아 멀쩡한 네 손가락으로
텅 빈 컵 바닥엔 피야 빨간 물감이야
너는 컵을 잡으려 하지 않아
보려고도 하지 않아
손가락이 가늘어지고 있어
손가락이 손가락을 쥐어짜고 있어
시를 쓰라구

Fingers

Fingers, puffy and swollen

Fingers made of glass

I bite the fingers

They feel soft and squishy

These fingers are new

These fingers are red

Glass pieces gush through holes in the fingers

Water flows

Blood drips

Red paint pours out

With glass pieces mixed in red paint

Stop now

The hand made of glass pours milk into a cup of tea

Look! Try some!

Hold the cup with your normal fingers

At the bottom of the empty cup lies blood, red paint

You refuse to hold the cup

You refuse to even look

Fingers are getting thinner

Fingers are squeezing other fingers

Just write poetry!

Null eins
Fünf zwei
Sieben
Acht drei
vier
NeuN
Zehn

sechs

독일어 배우기

독어를 배워보자
독하지 않게

영부터 십까지

눌, 눅눅한 죽
아인스, 아이고 머리야
쯔바이, 쯧쯧 내 시보고 혀 차지 마
드라이, 말려 줘
피어, 필 받아
퓐프, 하늘 높이 점프
잭스, 짹짹거리며 날아가는 새
지벤, 집엔 아무도 없어
아흐트, 알려줘 아이들에 대해
노인, 할아버진 손자를 더 좋아하나
쩬, 쩨쩨하기는

91

Learning German

Let's learn German
One step at a time

From zero to ten

Null, dull porridge
Eins, my head aches
Zwei, tsk-tsk don't click your tongue at my poem
Drei, dry it
Vier, feel it coming
Fünf, jump up in the air
Sechs, chirps a bird
Sieben, see, nobody's home
Acht, ah, tell me about the children
Neun, more in love with grandsons
Zhen, can be stingy

요술 가방

친구들이 말해준다
내 가방은 요술 가방이라고
신기한 물건이 많다고

레드 크리스탈 팔찌, 확대경, 사람 몸을
수십 개로 나누어서 볼 수 있는 유리, 새총, 연고,
본드를 빨대에 붙여 부는 칼라풍선 등등

나는 내 가방에 하늘을 날 수 있는 날개가 있었으면 좋겠어
지니를 소환할 수 있는 요술 램프도
이 두 개만 있으면 소원이 없겠어

현재 내 가방은
아직은 살짝 평범한 가방이야

The Magic Bag

Friends tell me
My bag is a magic bag
With many amazing things

A red crystal bracelet, magnifying glass, glass that
produces multiple reflections, slingshot, ointment, an
acrylic coloured balloon blown through straws and many
others

I wish my bag had wings
I wish my bag contained a Genie's magic lamp
I could wish for nothing more

My bag is
For the moment
A slightly ordinary bag

HFUIDSHGFXIU

막 쳐
아무렇게나 써버려

아이니어가 떠오르지 않을 땐
막 써

제목은 꼭 제목다워야 하나
나는 꼭 이순영다워야 하나

HFUIDSHGFXIU

Just write

Write anything

When you can't think of any ideas

Just write

Titles can be anything

Lee Soon-Young can be anyone

공기놀이

다섯 개의 돌

하나를 던지고
하나를 받는 소리

소금 흔들리는 소리

돌 안에 소금
소금 안에 바다

바다가 내 손 안에서
출렁이는 소리

다섯 개의 바다

Gonggi Game

Five small gonggi stones

The sound of one being tossed
The sound of one being caught

The sound of salt being shaken

Salt inside the stone
The ocean inside the salt

The sound of the ocean waves
In the palm of my hand

Five oceans

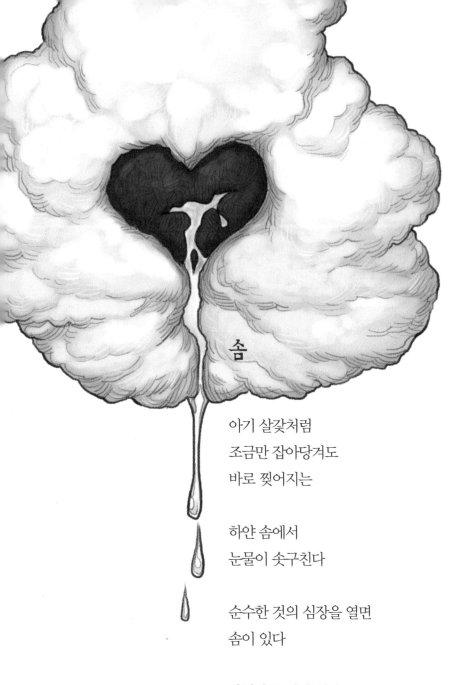

솜

아기 살갗처럼
조금만 잡아당겨도
바로 찢어지는

하얀 솜에서
눈물이 솟구친다

순수한 것의 심장을 열면
솜이 있다

상처받은 개가 있다

100

Cotton

Like baby skin
Delicate and fragile

Tears well up
Inside the white cotton

When you open the heart of innocence
There lies cotton

A dog lies wounded

맛있게 피자 먹는 법

포테이토 피자를 시키면
가장자리만 뜯어먹는다

쫄깃한 치즈를 넣어 부풀린 손잡이가 세일 맛있다

어떤 사람은 가장자리만 버리고 먹는다
가장자리의 맛을 모른다
뜯겨지고 이빨 자국이 난

남이 다 먹는 몸통은 버리고
혼자 가장자리를 먹는 행복

나만의 행복

How to Really Enjoy Pizza

When I order a potato pizza
I only eat the crust

Handle stuffed with cheese is my favorite

Some people discard the crust
Never knowing what it tastes like
Shaped with bite marks

Happiness is eating the crust by myself
And throwing away what others eat

This is my very own happiness

소녀

벤치에 앉아있는 소녀
뒷모습이 예쁜 소녀

갑자기 나를 돌아보는 얼굴
뭉개진 코
타들어간 귀
곰팡이가 핀 입

우리는 서로를 보고 싶지 않은

소녀이다

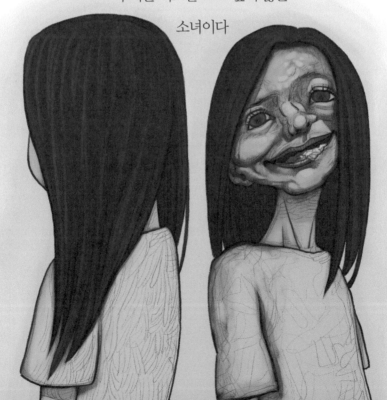

The Girl

A girl who sits on a bench
A girl who looks pretty from behind

A face suddenly turning to look at me
A nose wide and flat
Ears burnt
A mouth covered in fungus

We are girls who don't like seeing each other

세상에서 가장 무서운 것

친구들과 내기를 했어
세상에서 가장 무서운 것 말하기

티라노사우루스
지네
귀신, 천둥, 주사

내가 뭐라고 말했냐면
엄마

그러자 모두들 다 같이
우리 엄마 우리 엄마

엄마라는 말이 왜 이렇게 되었을까?

The Scariest Thing in the World

Friends and I played a game
Name the scariest thing you can think of

Tyrannosaurus
Centipedes
Ghosts, thunder, needles

Guess what I said
Mom

And everybody shouted
My mom, too! My mom, too!

Whatever happened to the word "Mom"?

내가 시를 잘 쓰는 이유

상처딱지가 떨어진 자리
피가 맺힌다

붉은 색을 보니 먹고 싶다
살짝 혀를 댄다

상큼한 쇠맛
이래서 모기가 좋아하나?

나는 모기도 아닌데
순간 왜 피를 먹었을까

몸속에 숨어 사는 피의 정체를
알아보려면
상처딱지를 뜯고 피를 맛보아야 한다

모기처럼 열심히 피를 찾아야한다
모든 시에서는 피 냄새가 난다

Reasons Why I Write Good Poems

The scab falls off
It bleeds

I see red
Just one taste
I taste it on the tip of my tongue

Fresh metallic taste
Is this what attracts mosquitoes?

Why did I taste blood?
I am not one of them

To find out what blood is
That is hiding underneath the skin
You need to pick the scab
And taste the blood

Just like mosquitoes
We should eagerly search for blood

All poetry smells of blood

십

아니,

thief 도둑

차라리 띱이라 할까

하나만 더 채우면 십

십은 의미가 많아져

소리 내어 읽을 때마다

넌 어떻게 읽을 거니?

십

thief

띱

SIP

No,

THIEF

Shall I just call it TTIP?

Add one more and it becomes SIP

SIP has many different meanings

Whenever I read it loudly

How would you read it?

SIP

THIEF

TTIP

흰 우유

부드럽고
하얗고
매끄럽게 살인을 저지른다

나는 네가 알고 있는 우유가 아니야
어른들 앞에서만 순진하게 먹혀주지

아니, 엄마
아니, 왜 이러세요

상처딱지를 우유에 띄워
우유 속으로 침몰시켜
희생자는 상처딱지가 아니라 우유야
맑았던 것이 더럽혀졌잖아

우유도 나쁘게 변할 수 있다는 걸
들켰잖아

White Milk

Softly
Innocently
It kills

I am not the milk you know
I am an innocent drink only when adults are around

No, Mom
No, what are you doing?

Place the scab gently on the milk
And let it sink
It is not the scab but the milk that is the victim
What was once pure has been tainted

Now everyone knows
Milk can turn bad

순둥이의 응징

내가 누울 때는
순둥이가 달려와 머리와 배를 누른다

나는 순둥이 엉덩이를 찰싹 때린다
순둥이는 왕왕 짖으며 발로 내 목을 누른다
꼬리를 치며 나를 응징한다

순둥이와 놀아주는 일은 아주 힘들다
나를 밟고 입 속에까지 발을 넣는다

아 진짜 개 무서움

Soondoongi's Revenge

When I lie down
Soondoongi runs over
And presses my head and belly

I slap her on the behind
She barks and presses her paw against my neck
She wags her tail and gets revenge on me

Playing with Soondoongi is hard work
She steps on me and puts her paw in my mouth

I was scared as a puppy

울음

눈이 젖었다
내 모든 것이 젖었다

＊ 2015. 7. 한겨레 21에 발표

Crying

My eyes are wet
All my things are wet

＊ Originally appeared in the July 2015 issue of Hankyoreh 21

새똥

살면서 언제 떨어질지 모르는
새똥

오빠 머리에 떨어졌던 새똥
괄약근 조절이 잘 안되는 새였을까

벤치에서 쉬고 있을 때
놀이터에서 놀때
길을 걸어가고 있을 때도

내 머릿속 가득 계속 날아다니는 새들
떨어지는 똥들

Bird Poop

It drops without warning
Bird poop

Bird poop that fell on my brother's head
Perhaps from a bird with a bowel control problem

While resting on a bench
While playing in a playground
While walking on a road

So many birds flying in my mind
Their poops falling

꿀맛

아무리 먹기 싫은 음식이라도
며칠을 굶어봐

평소에는 손대기도 싫었던 음식마저
춤추며 입 안으로 들어올 거야

꿀맛이 무언지 알게 될 거야
배고픈 위에서 지식이 뇌로 올라올 거야

Honey Taste

If you are a picky eater
Skip a few meals

The food you once ignored
Would come dancing into your mouth

You will know what honey taste means
Knowledge will climb into the brain
From the growling stomach

자동 질문 대답기

어른들은 아이들의 질문을 종종 무시한다
아이들의 말을 그다지 중요하게 여기지 않기 때문에

자동 질문 대답기가 있다면
이런 고민이 해결될 것이다

이건 뭐죠?
해산물
무슨 해산물?
해파리

이건 뭐죠?
수학 공식
어떤 공식?
나눗셈

아이들은 묻고 싶은 것이 많다
어른들보다 착하고 똑똑한 기계들에게

Automatic Answering Machines

Adults often ignore children's questions
Adults think their questions aren't that important

If automatic answering machines existed
This problem would be solved

What's this?
Seafood
What kind of seafood?
Jellyfish

What's this?
Mathematical equation
What kind of equation?
Division

Children have many questions
Machines are kinder and smarter than adults

내 맘대로

내 맘대로 할 거야
나한테 간섭하지 마
돈을 펑펑 쓸 거야
학원도 땡땡이 칠 거야
옷은 락 패션으로
빨강 매니큐어에
보라색 립스틱
비비크림 허옇게 떡칠
착한 아이로 만들려 하지 마
명령만 받고 살긴 싫어
불량식품을 먹고 다닐 거야
책 같은 것 집어 치워
몇 시지?
전자파로 샤워하는 건 어때?
내 맘대로
네 맘대로

Whatever I Want

I'll do whatever I want

Don't tell me what to do

I'll spend lots of money

I'll skip classes

I'll dress like a rock star

I'll wear red nails, purple lipstick and heavy makeup

Don't tell me to behave

Don't order me around

I'll only eat junk food

Get the books away

What time is it?

How about a shower with electromagnetic radiation?

Whatever I want

Whatever you want

로쿰*

터키시 딜라이트
죽기 전에 꼭 먹어 봐야 할 음식 하나를 먹어 봤어
장미 맛은 역겹고 토 나왔는데
피스타치오 맛은 달콤하고 그럭저럭 괜찮았어
둘 다 너무 달았어
설탕 목욕을 백 년 한 것처럼
나는 이런 맛을 바라지 않았어
입에 넣는 순간 비누 맛이 나던 장미
장미보단 먹을 만했던 피스타치오
그런데 얼마못가 다른 님에게 내 애기를 주고 말았어
내 애기를 먹고 싶어 했으니까
왜 애기라고 하면 안 돼?
터키쉬 애기 구구까까
내 애기를 아주 맛있게 다른 아이들이 먹어치웠어
내 사랑스러운 음식을
해피엔딩이야
이것은 죽고 나서 저승길을 걸으며 먹어 봐야 할 맛
지금까지 먹었던 모든 밥에 대해 감사하게 만드는 맛
천국 길일지 지옥 길일지 어느 길에서 먹게 될 지

어느 누구도 알지 못할 맛
로쿰
미각을 잃게 된 뇌
로쿰
Who are you?
이 순간 친오빠에게 먹여 주고 싶은 로쿰
먹은 자의 뇌의 명복을 빌며
터키시 딜라이트
인생을 배우게 해 주는 음식

* 설탕에 전분과 견과류를 더해 만든 터키 과자로 터키시 딜라이트라고 한다.

Lokum*

Turkish Delight

Tried one of those foods you must eat before you die

Rosewater flavor was disgusting and revolting

But the pistachio flavor was rather good

Both too sugary for my taste

Like they had taken a sugar bath for a hundred years

This wasn't what I expected

Rosewater flavor that tasted like soap

Pistachio flavor that tasted better

Before long I gave my babies away

To other kids who wanted to eat my babies

Why can't I call them babies?

Turkish babies GuGu KaKa

The kids ate every delicious bite

Of my precious babies

A happy ending

A must eat while walking the path of purgatory

A taste that makes you appreciate everything you have

ever eaten

Will the path lead to Heaven or Hell

On which path shall I be eating

A mystery flavor

Lokum

Brain that lost its sense of taste

Lokum

Who are you?

Lokum that spurs the urge to feed one to my brother

Have mercy on the brain of those who eat it

Turkish Delight

Food that teaches me about life

* A Turkish dessert also known as Turkish Delight made from sugar,
starch and nuts.

3부

은반 위의 세계
The World on a Silver Plate

표범

사람들 앞에서 어슬렁거리는 표범

맹수지만 사람에게 길들여져
자기가 누군지 잊어버린
이제 더 이상 고개를 들 수 없겠네

무엇이 기억나는 지
눈 밑으로 눈물이 흘러 생긴 삼각형
얼굴은 역삼각형

눈물과 얼굴이 만나
삼각형이 되어버린 표범

A Leopard

A leopard that prowls around humans

The predatory beast but tamed by people
Having forgotten who it is
It can no longer hold its head up high

As if it remembers something
It has triangular tear marks beneath its eyes
And an inverted triangle shaped face

Tears and its face meet together

And turned a leopard into a triangle

밤

가장 위험한 시간

허기진 배로 달을 먹는 시간

내가 너의 규칙을 깨는 시간

대가로 목숨을 달라는 시간

늑대가 어린 양을 뜯어 먹듯이 덤벼드는 시간

없애버리고 싶은 시간

Night

The most dangerous time of day

Time to fill up the empty stomach with the moon

Time to disrupt your body clock

Time to demand life in return

Time to attack
Like a wolf feasting on a lamb

Time I want to erase

은반 위의 세계

최고가 되기 위해
엎어지고 자빠지고 깨어지고

강자들만 살아남아
계속 욕을 먹으며 늘어난 영점일 킬로그램
하키채로 맞으며
손바닥이 파랗게 연습한 놈들만

냉정해
친구였더라도 이기려고 이를 악물지

The World on a Silver Plate

To be the best
There are falls, trips and slips

Only the strong survive
Those who take verbal abuse for that extra 0.1
kilograms
Those who get hit with hockey sticks
Those whose hands turn blue from practice

Face it
Friend or foe
You would grit your teeth to beat them

The Heart

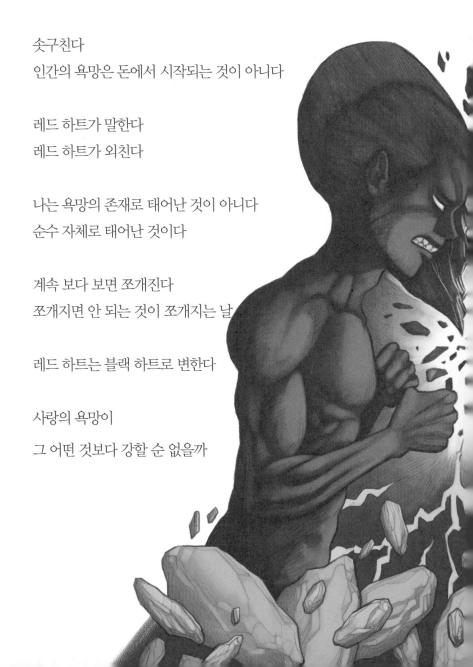

솟구친다
인간의 욕망은 돈에서 시작되는 것이 아니다

레드 하트가 말한다
레드 하트가 외친다

나는 욕망의 존재로 태어난 것이 아니다
순수 자체로 태어난 것이다

계속 보다 보면 쪼개진다
쪼개지면 안 되는 것이 쪼개지는 날

레드 하트는 블랙 하트로 변한다

사랑의 욕망이
그 어떤 것보다 강할 순 없을까

The Heart

Eruption
Human desire doesn't begin with money

The red heart speaks
The red heart screams

I was not born a strong desirer
I was born innocently

The red heart breaks in two when you keep looking
When something that must not break breaks

The red heart turns black

Desire for love
Can't it be stronger than anything else?

146

변기

아이들은 물 내리는 걸 싫어해
잊어버리지 말아야 할 것을 잊고 싶어 해

벌떡 일어나는 엉덩이를
구멍에 넣어버리고 손을 씻자

이제, 내려갔네!
깨끗이

A Toilet

Children hate flushing down a toilet
They want to forget what they must not

The bum rises fast
Push it into the hole
Wash our hands

Down the toilet, finally
Nice and clean

왔다, 장보리*

출생의 비밀이 엮이고 엮여
보는 사람 맘을 졸이게 해

친딸과 양딸 신분이 뒤바뀐
비극적 운명

난 이걸 왜 재미있게 볼까
보리는 진정한 자신으로 돌아올 수 있을까

내 마음은 편안해질 수 있을까

* MBC 주말드라마

Jang Bo-ri Is Here!*

The tangled web of birth secrets
Makes viewers anxious

Switched between real and adopted daughters
How tragic!

Why is this drama so intriguing?
Will Bo-ri return to her true self?

Will I find peace within myself?

* A 2014 Korean weekend television

drama series broadcast by MBC

고발

벙어리 와플 아저씨
달고나 할아버지
솜사탕 아저씨
경찰이 와서 쫓아낸다

고개를 숙이고 리어카를 밀며
쫓겨나는 사람들

불량식품을
숨어서 고발하는 사람이 있다

오백 원짜리 달고나와
천 원짜리 와플과
천 오백 원짜리 솜사탕을

Indictment

Street vendors
Selling waffle, sugar candy, cotton candy
Driven away by policemen

Vendors pulling their carts
Heads held down

Some people lie hidden
To report vendors selling junk food

The sugar candy for only five hundred won
The waffle for only one thousand won
The cotton candy for only fifteen hundred won

싱싱한 눈알

감긴 눈을 좋아한다
눈꺼풀 뒤에 있는 눈알을 상상하는 것이 좋다

보이지 않는 눈알
모든 것 뒤에서 팔딱거리고 있다

하얀 동그라미 안에
검은 동그라미 안에 또
검은 동그라미

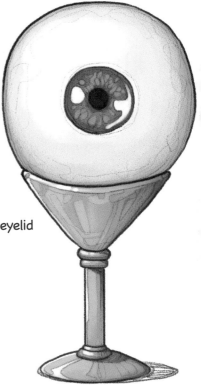

The Fresh Eyeball

I like the eyes closed
I like to imagine my eyeball behind the eyelid

The eyeball that can't be seen
Beats behind the scene

The black circle
Within the black circle
Within yet another white circle

도깨비

어둠은 빛난다

긴 혓바닥을 내밀고
뿔을 어루만진다

왈왈 짖어댈 때마다
현실이 뒤집어진다

아름답게
부럽게

어둠은 무엇이든 다 만든다
그리고 모른 척한다

Dokkaebi

The darkness shines

With its long tongue stretched out
It strokes its horn

Whenever it barks
Reality flips

Beautifully
Smoothly

The darkness creates all things
And pretends it never happened

눈 내리는 날 만난 남자 이야기

눈 내리는 날 만난
귀가 뾰족한 남자
말발굽을 가진 남자

턱에 염소수염이 달리고
머리카락이 말갈기인 남자
집엔 책밖에 없는 남자

이 남자 눈에 나는
어떻게 보일까

무엇이 정상이고
무엇이 비정상일까

눈 내리는 날에는

The Story of a Man Whom I Met on a Snowy Day

The man I met on a snowy day

The man with pointed ears

The man with horse's hooves

The man with goat's beard on the chin

The man with horse's mane

The man who has nothing but books at home

In the eyes of this man

How would I look?

What's normal?

What's abnormal?

On a snowy day

이빨 요정의 선물

이를 뽑는 순간
돈이 생각났다
이빨요정이 이를 가져가고 준다는 돈

오늘도 어김없이
베개 아래 넣어 둔 이빨이 사라졌다

이빨과 거래되는 돈
믿지 않으면 받을 수 없는 선물

The Tooth Fairy's Gift

The moment I lost a tooth
I thought of the money
The money the Tooth Fairy leaves behind in exchange for
the tooth

Like any other day
The tooth I left under the pillow was gone

Money traded for a tooth
The gift you can't receive if you don't believe it

고기 굽기

래어

말랑한
피가 솟는다

고기는 온몸으로 운다

The Grilling Meat

Rare

Softly
Blood seeps out

The meat cries all over the body

춤추는 완두콩

너에게는 일그러지는 형태가 있어
울퉁불퉁 껍데기는 네 팔이고
알맹이는 네 을굴이야
손톱으로 네 을굴을 꾹꾹 눌러 줄게
비파형 동검 위에 올려줄게
을굴을 얼굴로 만들어줄게
내 손이 더러워져도
이것이 진정한 걸스데이 파티 파리

A Dancing Pea

You take a distorted shape

Wrinkly skin is your arm

The flesh is your aged face

I will press your face with my finger nails

I will place it on a Chinese bronze dagger

I will make your face look young again

Even if my hands turn messy

This is a true Girl's Day Party Party

토마토

믹서기에서 주스로 변하고 있는
빨강 토마토

고체에서 액체가 된다는 것

분노지수가 높아지는 것

계속 높아지다 터지는 것

The Tomato

The red tomato
Turning into juice in a blender

A solid turning into a liquid

Anger rising up the scale

Rising and rising until it explodes

피겨 스케이팅

돌고 돌고 돈다
미끄러진다

아무리 노력해도
어쩔 수 없는 한계가 있다

반짝이는 장식
아름다운 레이스로 가릴 수 없는

뛰어난 실력만이
옷보다 눈부시다

Figure Skating

Turn, turn, turn
And slip

No matter how hard we try
There are limitations

Sparkling accessories
Cannot be covered with beautiful laces

Only an exceptional performance
Shines brighter than the dress

은도* 순둥이

세상에서 가장 질투나고 부러운 건 순둥이
아무 것도 안 하잖아

학원에도 학교에도 안 가고
그냥 누워만 있어도 뭐든 다 되는

걱정이란 단어를 모르겠네
버튼을 눌러서 티비를 켜고 싶어
보고 싶어 티비의 매력

같은 개가 나오는 티비를 보면
순둥이도 좋아할 거야
마디없는 꼬리를 칠 거야

순둥이는 내 시 연구소
눈동자만 보면 하고 싶은 것이 많아져

에이,
순둥이가 없어졌으니
이제 시 안 쓸거야

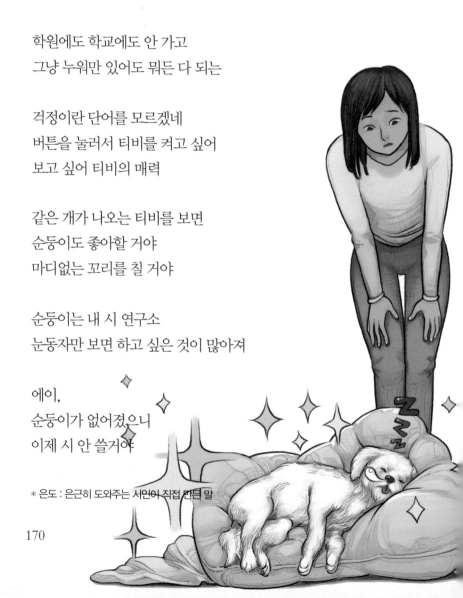

* 은도 : 은근히 도와주는 시인이 직접 만든 말

170

Eun-do* Soondoongi

Soondoongi makes me jealous and envious
Because she does nothing

She doesn't go to school or academy
She just lies around all day

She knows no worries
I want to turn on the TV
I can't resist its charm

When other dogs appear on TV
Soondoongi will like that
With her tail wagging

Soondoongi is my poetry lab
When I look into her eyes
I want to do lots of things

Well,
Now that Soondoogi is gone
I will write poems no more

* It's a word made up by Soon-Young. It's a combination of eungeuni, meaning 'subtle' and dowajunun, meaning 'help'.

사람이 사라지는 모습

사고가 났다
눈물과 함께
다리는 희미하게 사라져가고

아무도 다가갈 수 없네
이 여자에게

죽음의 신이 데려가는 중이니까

The Fadeaway

There is an accident

With tears in her eyes

Legs slowly fade away

No one can approach

To this girl

The angel of death is taking her away

연줄

화려한
연을 지탱하는
가느다란

자신은
잊혀진 채

더
높이
올라가네

* 2015. 7. SBS
영재발굴단 촬영시 창작.

A Kite String

A fine string
Supporting
A colourful kite

Itself forgotten

Flies higher
Into the sky

* Written while shooting
Youngjae Balgooldan
(Discovering Gifted Kids) on
SBS in July 2015

내가 짓고 싶은 집

맘대로 늘려지고 주문을 외우면

냉장고 침대 의자

내가 원하는 건 다 생기는 집

미래도시 초미니형

그래도 수백만 명이 들어갈 수 있는 집

맛있는 걸 대접하고 싶어

행복이 넘치도록

못된 짓을 열 가지 이상 한 사람은

자동으로 못 들어오게 되는 집

그래도 진심으로 반성한 사람은

들어갈 수 있는 집

나쁜 사람이 없어지는 집

모두 모두 행복하게 살고

행복한 경험만 떠올릴 수 있는 집

My Dream House

Expands at will with a magic spell

A refrigerator, a bed, a chair

A house that makes my every wish come true

Futuristic urban ultra-mini style

Yet a house that holds millions of people

I want to serve delicious food

To fill the house with happiness

A house that automatically bans

Anyone who has done more than ten bad things

But a house that allows anyone to enter

If one shows sincere regret for their wrongdoing

A house where bad people disappear

A house where everyone lives happily

A house where people can only recall happy moments

인생의 숲에서 자신의 길을 찾다

아동문학가 김숙분

  우리들의 영혼 속에는 또 다른 '나'가 살고 있어요. 그것은 우리를 툭툭 건드리곤 하지요. 그때 불쑥 우리는 혼잣말을 해요. 큰 소리를 칠 때도 있어요. 그런데 순영이는 글로 썼어요. 이 책의 시들은 모두 영혼 속에 살고 있는 또 다른 순영이의 모습들이에요. 아무의 눈치도 보지 않고 말하고 싶었던 것을 다 쏟아 놓았어요. 순영이는 이 시들로 독자와 소통할 수 있어요. 정보가 아닌 자신의 정서와 의지를 전달하고 있기 때문이에요. 진실한 고백이기 때문에 시를 읽고 나면 가슴이 후련해져요.

맛있게 피자 먹는 법

포테이토 피자를 시키면
가장자리만 뜯어먹는다

쫄깃한 치즈를 넣어 부풀린 손잡이가 제일 맛있다

어떤 사람은 가장자리만 버리고 먹는다
가장자리의 맛을 모른다
뜯겨지고 이빨 자국이 난

남이 다 먹는 몸통은 버리고
혼자 가장자리를 먹는 행복

나만의 행복

    모두가 맛있다고 하는 건 포테이토 피자의 몸통이에요. 사람들은 감자와 피자치즈 그리고 양송이버섯, 토마토소스, 바질이 가득한 몸통을 먹고 대부분 가장자리는 버려요. 그런데 시인은 '뜯겨지고 이빨 자국이 난' 가장자리를 먹으며 행복하다고 해요. 시인처럼 '남이 다 먹는 몸통은 버리고 혼자 가장자리를' 먹을 때 행복한 적이 있었나요? "나도 그런데." 라고 많이들 말할 것 같아요. 이 시를 읽고 나면 우리는 별거 아닌 것에 행복할 수 있다는 것을 깨닫게 돼요. 다른 사람과 비교할 필요가 없어요. '가장자리의 맛'을 알고 나면 몸통을 못 먹어도 상관없어요. 내가 행복하면

행복한 거예요. 그런데 다음 시를 읽어 보면 순영이는 인생을 그
저 편안하게만 바라보고 있지 않아요.

피겨 스케이팅

돌고 돌고 돈다
미끄러진다

아무리 노력해도
어쩔 수 없는 한계가 있다

반짝이는 장식
아름다운 레이스로 가릴 수 없는

뛰어난 실력만이
옷보다 눈부시다

은반 위에서 춤을 추는 피겨 스케이팅 선수들을 보면서 쓴 시
에요. 이 시에는 최고의 승자가 되려면 실력이 가장 중요하다는
순영이의 신념이 담겨 있어요. 포테이토 피자의 '뜯겨지고 이빨
자국이 난' 가장자리가 맛있다며 TV를 보고 있을지도 모르지만
눈빛은 은반 위의 최고 실력자를 날카롭게 찾고 있어요. 실력 없
는 선수의 부끄러운 '반짝이는 장식'과 '아름다운 레이스'가 눈앞
에 나풀거리는 것 같아요. 하지만 냉정한 잣대를 들고 평가하는
대상은 자기 자신일지도 몰라요. 왜냐하면 시 속에 시인의 결의

에 찬 열정이 고스란히 담겨 있기 때문이에요. 그런데 최고가 되려면 어떻게 해야 하는 걸까요?

은반 위의 세계

최고가 되기 위해
엎어지고 자빠지고 깨어지고

강자들만 살아남아
계속 욕을 먹으며 늘어난 영점일 킬로그램
하키채로 맞으며
손바닥이 파랗게 연습한 놈들만

냉정해
친구였더라도 이기려고 이를 악물지

　은반 위에서 최고의 경기를 보여 준 선수들을 보고 쓴 시에요. 그런데 시인은 선수들에게 박수를 보내는 것이 아니라 그들의 아픔에 대해 말하고 있어요. 심지어 그들 사이에 벌어질 냉정한 인간관계까지 추측해요. 캐나다의 Corey Perry, Steven Stamkos 같은 아이스하키 선수, 우리나라의 김연아나 이상화 선수도 아마 이를 악물고 연습했을 거예요. 분명 '최고가 되기 위해 엎어지고 자빠지고 깨어지'면서 노력했을 거예요. 그들이 '친구였더라도 이기려고 이를 악물'었을까요. 〈피겨 스케이팅〉이나 〈은반 위의 세계〉를 읽다 보면 인생이 그저 포테이토 피자 같지만은 않은 것 같아요. 감자와 피자치즈 그리고 양송이버섯, 토마토소스, 바질이 가득한 몸통의 맛이 어떤 것일지 궁금할 수 있을 것 같아요. 인간에게 꿈이 무엇인지, 얻으려는 것이 무엇인지 생각해 보게 돼요.

솔로강아지

우리 강아지는 솔로다

약혼 신청을 해 온 수캐들은 많은데
엄마가 허락을 안 한다

솔로의 슬픔을 모르는 여자
인형을 사랑하게 돼 버린 우리 강아지

할아버지는 침이 묻은 인형을 버리려한다
정든다는 것을 모른다

강아지가 바닥에 납작하게 엎드려 있다
외로움이 납작하다

인생은 분명 맘대로 되는 것이 없어요. 모두 이 말을 들으면 고개를 끄덕일 거예요. 이 시를 읽다 보면, 포테이토 피자의 가장자리가 정말 좋아서 먹는 게 아니라, 그저 그것밖에 먹을 수 없어서 먹고 있는 게 아닐까 생각돼요. '솔로강아지'는 엄마가 허락을 안 하는 바람에 '약혼 신청을 해 온 수캐' 대신 '인형을 사랑하게 돼 버렸어요. 그런데 '정든다는 것을 모르는' 할아버지는 침이 묻은 인형을 버리려'해요. 분명 '솔로강아지'는 '포테이토 피자의 몸통'을 포기하고 '피자의 가장자리'에 스스로 만족하는 경우예요. 그래서 시인은 '강아지가 바닥에 납작하게 엎드려 있'는 모습을 보고 '외로움이 납작하다'고 말해요.

시는 작가의 지각, 사상, 감정에 작용하는 상상력의 산물이라고 말할 수 있어요. 시인은 자신의 개성과 독창성을 시로 표현해요. 이 시집은 〈솔로강아지〉의 초판에 수록되었던 시 '학원가기싫은 날'을 제외시키고 대신 다른 아홉 편의 동시를 보충하여 총 66편의 동시를 수록한 개정판이에요. 독자를 불편하게 할 수 있는 그림은 삭제하거나 수정하여 수록했어요.

순영이는 2013년 2월에 오빠와 함께 시집 〈동그라미 손잡이 도넛〉을 출간한 바 있어요. 지난번 시에선 자유분방한 상상력을 보여 주었는데 이번 시에선 자신만의 별난 취향을 한껏 보여줘요. 때로는 섬뜩할 정도로 자신의 생각을 거칠게 쏟아내요. 이 시집을 통해 우리는 시인이 시적 대상을 어떻게 수용하고 반응하는가를 시적 예술성과 함께 살피면서 어린이들의 인식구조 변천을 조심스럽게 점검할 수 있어요. 순영이는 대체로 자신이 체험한 아름다운 세계에 대한 탄복과 함께 현실의 비정함에 대한 탄식들을 시로 쓰고 있어요. 이것들은 어린이가 느끼는 정직한 반응으로서 어른에게도 성찰의 여운을 남겨요.

현대 동시 문학의 원형은 시적 속성보다 노래의 속성이 강한 동요로부터 시작되었어요. 동요는 집단 공동체적 공감의 정서예요. 그렇다면 〈솔로강아지〉의 시들은 한 어린이의 명쾌하고 단순한 정서에 담긴 개인의 의미 있는 이야기이면서 또한 상당 부분 다른 어린이들도 공유하고 있는 정서일 수 있어요. 요즘 어린이들은 무엇을 생각하고 있을까요? 그들은 무엇을 고민하고 어떤 상황을 고통스러워할까요? 순영이는 지금 '인생의 숲'에서 자신의 길을 찾고 있어요.